GEISTERWALD

Richard G. Weidmann
Heike Berger

HAGENBERG-Verlag

© Text und Idee: Richard G. Weidmann, Reichelsheim • Bensheim
© Illustration: Heike Berger • Mühlacker
Satz und Druck: Druckhaus Lindenfels, ☎ 0 62 55 / 10 05
Verlag: Hagenberg Verlag, Inh. G. Machalett, 3342 Hornburg

ISBN: 3 - 922 541 - 63 - 1

Mami, Mami, mir schmeckt mein Trinken nicht."
"Sei still Kind! Es gibt nichts anderes. Wir trinken seit Jahrtausenden Regen und noch nie gab's Bäume, denen er nicht geschmeckt hat. Aber nein, meinem Söhnchen schmeckt er nicht mehr."
"Papi, Papi, mir schmeckt der Regen auch nicht."
"So fängst du auch noch an. Die Jugend wird immer mißratener. Schmeckt der Regen nicht mehr. So! Und womöglich kannst Du auch die Luft nicht mehr riechen. Ich glaub', ich muß euch mal meine Äste spüren lassen. Trinkt und eßt gefälligst, was da ist."
"Mami, mir schmeckt aber die Luft wirklich nicht und der Regen ist so sauer!"

"Sauer?" schreit die alte Buche jetzt aufgebracht, so daß alle Bäume beim Trinken gestört werden und herübersehen. Dabei dampft der ganze Geisterwald von frischem Regen, der seit Tagen endlich die Erlösung von brütender Sommerhitze ist.

"Sauer?" schreit die alte Buche jetzt noch lauter, so daß die kleinen Bäumchen sich ducken und ängstlich in die Ecke verkriechen.
"Soll ich euch vielleicht Limonade mischen, Zucker in den Regen schütten? Sauer! Diese Kinder von heute. Zu meiner Zeit gab's das nicht, da war man als kleines Bäumchen schon froh, wenn's was abgab, wenn die Eltern was übrig hatten für die Kinder, wenn man überhaupt die Sonne sehen durfte. Schmeckt der Regen nicht. Als ob am Regen was nicht schmecken könnte. Der Regen fällt seit Baumesgedenken vom Himmel und schmeckt jedem Baum. Das hat der Götterbaum so gewollt und diese jungen Frevler, diese verwöhnten Nörgler, die nicht mal Stacheln tragen, aber das Maul weit aufreißen, denen schmeckt der Regen nicht. Dann verdurstet doch.." schimpft die Buche unentwegt weiter.
"Mami, Mami, mir ist schlecht." flüstert ein junges Tännchen ganz in der Nähe.
"Sei still Kind," flüstert die alte Tanne zurück. "Sei still, ich glaube, ich weiß warum!"
"Hier wird nicht geflüstert. Hier kommt alles offen vor die Blätter und wird nichts vertuschelt." schreit der Ahorn, der Nachbar der noch immer schimpfenden Buche.
"Da stecken Erwachsene mit darunter, die Unruhe stiften wollen, die wollen, daß wir uneinig werden, damit die Menschen kommen können. Vielleicht sind Verräter unter uns, die uns den Menschen ausliefern wollen. Vielleicht haben denen die Menschen das Baum-Paradies versprochen. Man sollte sie pfählen."
Erschrocken drehen sich jetzt einige Bäume nach der Stimme um. Im Geisterwald ist Gesetz, daß kein Baum gepfählt werden darf.
"Kinder, hört auf zu weinen, auch wenn euch der Regen nicht schmeckt, wir haben keinen anderen. Wir müssen damit leben."
"Mami, uns ist schlecht, ich glaube, wir müssen sterben. "
"Jetzt hört aber auf, wo kämen wir hin, wenn die Bäume vom Regen sterben würden. Vielleicht ist bei euch im Boden was Vergiftetes. Ich werde nach dem Balsam rufen lassen."
Der Balsam ist der Arzt im Geisterwald.
"Müssen unsere Kinder wirklich leiden. Wollen wir warten, bis sie alle tot sind? Hilfe für die Kinder jetzt." ruft eine Stimme aus dem Dickicht.
"Jetzt muß sich der auch noch einmischen. Bestimmt will er in den Rat der 12 Bäume gewählt werden, daß er so'n Geschrei macht. Daß diese Lause-

bengels auch so ein Tam-Tam veranstalten müssen. Man sollte ihnen wirklich den Mund verbieten," wieder ereifert sich die alte Buche am allermeisten über den Aufruhr.

"Also ich muß feststellen, daß die Kinder nicht ganz unrecht haben. Ich leide in letzter Zeit auch. Seit einigen Jahren schon kommt es mir vor, daß der Regen immer komischer schmeckt. Ich kenne den frischen, duftenden Regen noch aus der Kindheit, das heutige Regenwasser, besonders wenn man die ersten Tropfen gierig mit den Wurzeln aufsaugt, schmecken komisch, ja widerlich, das ist neu, das war früher. . . " die Rede der dicken Linde geht im allgemeinen Tumult unter. Überall fangen Bäume an zu schreien oder loszulaufen, stehen mit den Nachbarn zusammen und

diskutieren.
"Die spinnt ja, die verkrüppelte Linde, von der kann man ja..."
"Da ist was dran, ich mein auch..."
"Regen ist Regen und woanders gibt's kein Wasser, sollen wir aufhören. . ."
"Wie soll denn Wasser nicht nach Wasser schmecken...?"
"Verwöhnte Gewächse, sollen trinken, was ihnen vor die Wurzel kommt. Unsereiner ist froh . . . "
Immer erhitzter werden die Gespräche und erreichen schließlich auch den Rat der Zwölf, der sich um die Gefahren für den Geisterwald kümmert.
"Unruhen und Uneinigkeit schaden dem gemeinsamen Kampf unseres Waldes vor der Zerstörung des Menschen..." gebietet der älteste und knorrigste von allen, Knorpel, der Unruhe Einhalt.
"Mitbäume" winkt er nochmals beschwichtigend. "Wir müssen alles in Betracht ziehen. Wir können es nur schwer beurteilen, wenn aber etwas dran ist, daß der Regen schlecht ist, so ist es keineswegs unmöglich, daß dies eine Schandtat der Menschen ist. Wir sollten deshalb sehr vorsichtig sein. Laßt die Stimmen der Jugend nicht verstummen und die Wahrheit ans Licht. Wer zu spät kommt, den bestraft das Leben, deshalb werden wir schleunigst etwas unternehmen, um die Gerüchte zu prüfen."
"Ich werd' den Knorpel wiederwählen und wenn er keine Äste mehr hat." flüstert die alte Tanne ihrer Nachbarin zu.
"Der ist mit tausend Jahren noch jung und mutig. Was wäre der Geisterwald ohne Knorpel? "
Einige klatschen begeistert in die Äste und rundum stimmen immer mehr ein.

Am nächsten Morgen herrscht in der Baumschule helle Aufregung. Am Himmel strahlt die Sonne und die Bäumchen freuen sich, die Luft ist rein, jedenfalls vor dem Lehrer, der für einige Tage wichtiges zu tun hat.
Noch in der Nacht hat der Wald beschlossen, Spione loszuschicken, um die Menschen auszukundschaften. Vier Bäume sind unterwegs zur Stadt und überqueren just in diesem Moment die Schnellstraße .
"Man darf uns keinesfalls als Spione entdecken. Das gibt Aufruhr und warnt die Menschen." prägt die Birke den anderen ein.
"Und wie sollen wir etwas in Erfahrung bringen?" entgegnet eine junge Fichte.
"Wir werden uns trennen und jeder sucht sich ein geeignetes Ziel, das er ausspioniert. Bei Sonnenaufgang treffen wir uns alle wieder vor der Stadt, auf dem Parkplatz dieser Käfer mit den runden Beinen, mit denen die Menschen zusammenleben" erläutert Baumschullehrer Buche.
"In der Stadt sind auch Freunde, bei denen man sich zur Not verstecken kann. Die Menschen haben gefangene Bäume an den Straßen entlang einbetoniert oder asphaltiert. Neben dem Tierpark gibt es einen großen Garten, in dem vor allem fremdländische Bäume in einem Ghetto leben. Ab und an findet man sogar in einem Vorgarten einen freien Baum, wenn auch in seinen Rechten arg beschnitten." erzählt die Birke, die im vergangenen Jahr bei der Hilfe für den tropischen Regenwald, schon viele Erfahrungen sammeln konnte.
"Wir sollten natürlich auch versuchen, uns wohlgesonnene Menschen zu finden, die bereit sind, uns zu helfen." versucht die junge Kastanie zu vermitteln und die anderen Bäume nicken, weil sie noch wissen, daß gegen die Müllverschmutzung und die Atomverseuchung auch Menschen dem Geisterwald geholfen haben.
Unbemerkt erreichen die Vier den vereinbarten Parkplatz und trennen sich.

Die Eiche spaziert aufmerksam durch die Straßen der Stadt. Immer wenn Menschen zu sehen sind, bleibt sie wie angewurzelt stehen. Und wirklich fällt sie zunächst niemand sonderlich auf, höchstens schimpft mal ein Fußgänger, wenn er vom Bürgersteig herunter muß, um an ihr vorbeizukommen.
Einmal steht sie vor einer Hauseinfahrt, aus der gerade ein Pkw herausfahren will. Der Fahrer ist ziemlich entsetzt, daß vor seiner Ausfahrt ein ausgewachsener Baum steht und rennt gleich wieder ins Haus, um entweder die Polizei oder Holzfäller anzurufen. Bis er jedoch zum Auto zurückkehrt, ist die Eiche längst weitergelaufen.
Vor einem der zahlreichen Schaufenster bleibt die Eiche neugierig stehen. Auf einem großen Papier sind fremde Bäume am Wasser abgebildet, strahlendblauer Himmel und eine rot untergehende Sonne. Im Laden hängen noch mehr solcher Bilder, herrliche Waldgegenden, darüber und darunter steht in riesigen Buchstaben etwas geschrieben, aber die Eiche hat

nie lesen gelernt. Trotzdem bleibt sie fasziniert stehen.
Im Laden wird ein Mann auf sie aufmerksam. Überrascht sieht er aus dem Fenster und beäugt den Baum mißtrauisch.
Hat die Eiche das Gesicht verzogen, weil sie niesen muß? Hastig springt der Mann auf und im Nu ist das Schaufenster verdunkelt und die Tür mit einem Gitter versehen.
Ärgerlich darüber ertappt zu sein, schleicht der Baum weiter und tritt flugs in einen Vorgarten, als einige Bauarbeiter auf ihn zukommen. Sie tragen Werkzeug in der Hand und einer von ihnen hat eine gefährliche Säge, stellt die Eiche erschrocken fest. Steif und starr bleibt sie im Blumenbeet stehen. Die Arbeiter laufen draußen achtlos an ihr vorbei und die Eiche atmet erleichtert auf.
Im selben Augenblick tritt eine Frau mit einer Gießkanne in der Hand aus dem Wohnhaus. Entsetzt schreit sie auf und läßt augenblicklich die Gießkanne fallen. Die Eiche ist jedoch ebenso erschrocken, torkelt und fällt mit Getöse der Länge nach in das restliche Blumenbeet. Der gesamte Vorgarten ist verwüstet. Hastig springt der Baum wieder auf die Wurzeln und reibt sich die schmerzenden Äste, rennt mit langen Sätzen schleunigst auf die Straße, während die Frau unentwegt um Hilfe ruft.
Die Eiche beeilt sich, ein gutes Versteck zu finden. Neben einem Zeitungskiosk ist ein vortrefflicher Platz frei, weil der Park beginnt und etliche Bäume dort wachsen. Die Eiche grüßt freundlich, aber die Stadtbäume bleiben stumm und starr.
Schon beginnt sie daran zu zweifeln, ob das ein geeigneter Platz zum Spionieren wäre, als sie auf einer der Titelseiten zwischen den vielen Zeitungen am Kiosk, merkwürdige Baumbilder entdeckt. Alle Bäume sind völlig rot, einschließlich der Blätter. Sie tritt etwas näher, gerade als einer der Menschen eine Zeitung herauszieht, Papier in den Kiosk reicht, die Zeitschrift mitnimmt und darin blättert. Die Eiche sieht ihm über die Schulter. Der ältere Mann will sich gerade eine Parkbank zum Ausruhen suchen, als er den heimlichen Leser erblickt. Völlig entgeistert krallt er seine Zeitschrift und entfernt sich rückwärtslaufend und pausenlos mit seinem Stock drohend.
Die Eiche grinst und schnappt sich ebenfalls eine Zeitung, reißt sich zwei Blätter vom unteren Ast ab und legt sie dem Kioskbesitzer hin. Der Mann sieht sie minutenlang mit großen Augen an, dann winkt er eilig, es wäre in Ordnung, sie solle schnell verschwinden. Ein besoffener Penner, der die

Szene halbwegs kapiert hat, torkelt auf die Eiche zu, reißt sich etliche Blätter vom unteren Ast ab und gröhlt unentwegt, er sei jetzt reich.
Die Eiche schlägt ihm auf die Finger, steckt die Zeitschrift zwischen ihre Ästen und versteckt sich im Park.
Die junge Kastanie überlegt sich, daß man am geschicktesten spionieren kann und auch am besten verschmutzte Luft entdecken kann, wenn man hoch hinauf steigt. Also sieht sie sich in der Stadt nach einem Turm um, immer darauf bedacht, kein Aufsehen zu erregen, soweit das einem Baum mitten im dichten städtischen Straßenverkehr möglich ist. Ihre anfängliche Angst vor den Menschen läßt nach, als sie merkt, daß die Menschen bei ihrem Anblick jedesmal hysterisch schreien und völlig aus der Fassung geraten, manchmal einfach stehenbleiben und den Mund aufsperren.
Nach langem Suchen findet sie ein geeignetes Objekt für ihre Spionage. Der Schornstein einer Fabrik, ragt hoch über die Häuser hinaus. Das Fabrikgelände ist mit einem Zaun abgesperrt, der für die Kastanie kein ernsthaftes Hindernis ist. Sie hangelt sich an allerlei Maschinen hoch auf das Dach der Fabrik und gelangt zum Turm. Mit ihren zahlreichen Ästen ist es ihr ein leichtes an dem Turm hochzuklettern.
Das Tor der Fabrik steht offen. Der Portier kontrolliert gelangweilt die Passanten. Als die Kastanie etwa auf halber Höhe des Turmes ist, sieht er sie und drückt hektisch alle greifbaren Knöpfe. Die Alarmsirenen heulen, die Schranken schließen sich, Wasserfontänen beginnen zu sprühen und Menschen strömen wild gestikulierend aus der Fabrik.
Die Kastanie sieht nach unten und ihr wird mulmig zumute. Der Blick ist schwindelerregend, aber mutig klettert sie weiter. Fast oben angelangt beginnt sie zu zittern, weil es scheint, als schwanke der Turm hin und her. Unten schreien Menschen und jemand ruft ihr aus einem Lautsprecher etwas zu. Sie schließt die Augen und klettert die letzten Meter, hängt mit den Ästen in der Luft, läßt sich erschöpft auf dem Schornstein nieder.
Unten sieht sie Fahrzeuge umherbrausen und ganz klein die Menschen springen, sieht wie sie hochstarren und gestikulieren.
Sie blickt über die Stadt und ihr wird zusehends übel. Es muffelt. Schlechte Luft liegt über der Stadt und aus zahlreichen Schornsteinen, die fast genauso hoch sind, wie der Turm auf dem sie sitzt, kommen dicke weiße, gelbe und dunkle Wolken, die bestialisch riechen.
Argwöhnisch riecht die Kastanie auch an dem Qualm, der neben ihr aus dem Schornstein strömt. Der Rauch ist unangenehm heiß, riecht ekelhaft

und schmeckt widerlich. Die Kastanie japst nach Luft, versucht sich so zu setzen, daß kein Rauch mehr aus dem Schornstein entweichen kann. Für einen Augenblick gelingt es ihr, allerdings droht die Hitze ihren Stamm zu versengen. Erschrocken hebt sie den Stamm hoch und dabei schießt ihr eine dicke Rauchschwade ins Gesicht. Sofort wird ihr übel und schwindlig.
Sie verliert den Halt, schlägt wild mit den Ästen um sich und stürzt in die Tiefe. Mit Getöse und Krachen saust sie mitten auf den Hof, zwischen die

gaffenden Menschen, die schreiend flüchten.
Viele von ihnen sind durch die Äste der Kastanie verletzt worden. Die Kastanie bietet ein Bild des Grauens. Etliche Äste liegen abgebrochen umher, Blätter sind dazwischen verstreut und der Stamm ist gesprungen.

Reglos liegt sie auf dem Asphaltboden. Ein paar Menschen treten vorsichtig näher und trauen ihren Augen nicht, daß ein gewöhnlicher Baum vor ihnen liegt. Ein Baum, der eben noch lebendig schien, deutlich sichtbar auf dem Schornstein umhergeklettert ist.
Es besteht kein Zweifel, hier geht etwas nicht mit rechten Dingen zu. Argwöhnisch, verstohlen zerstreut sich die Menge und keiner will so richtig mit der Sprache raus, was eigentlich vorgefallen ist. Der Werksschutz findet lediglich einen umgefallenen Baum auf dem Asphalt und wundert sich.
Als die Menschen alle weg sind, stöhnt die Kastanie leise. Sie ist nicht tot, aber mit zahlreichen Brüchen außerstande aufzustehen. Reglos bleibt sie liegen und ächzt angstvoll, weil sie ahnt, daß man bald beginnen würde, sie zu zersägen.

Lange vor Morgengrauen steht die Buche auf dem großen freien Platz vor der Hochschule und sieht sich um. Baumschullehrer Buche hegte insgeheim schon länger den Wunsch bei den Menschen zu spionieren. Ihn entsetzte immer wieder, wie wenig die Bäume über sich selbst wußten und er wurde den Verdacht, nicht los, daß die Menschen wesentlich schlauer waren. Hier ist die Buche ihrem Traum einer Baumhochschule näher und sie sucht sich ein verstecktes Plätzchen neben einem Altbau, wo nicht allzuweit entfernt zwei Kastanien leben. Sie stellt sich direkt neben ein offenes Fenster und winkt den zwei Bäumen zu, die sind entweder blind oder tot, sie geben ihm keine Antwort.
Lange Zeit geschieht in der Universität nichts. Die Stadt ist erwacht und überall herrscht reges Leben und Lärm, aber erst als die Sonne schon hoch am Himmel steht, kommen die ersten Schüler in die Universität und wenig später beginnt ein Professor, zu ihnen zu sprechen. Über die Haare der Menschen wundert sich die Buche am meisten. Sie hat die ganze Zeit geglaubt, die Menschen würden, wie die Bäume mit Nadeln oder Blättern, mit ihren Haaren leben, weil sie ja schließlich keine Wurzeln haben, aber das kann nicht stimmen. Da gibt es Studenten mit ganz langen Haaren, aber auch welche die fast kahl sind oder nur kurze Stoppeln haben. Der Professor aber hat keine Haare und müßte folglich längst tot sein.
"Während wir in der letzten Sitzung ausführlich das Problem der Waldschadenserhebung uns vor Augen führten, wenden wir uns heute einer ganz anderen Thematik zu."
Die Buche läßt vor Enttäuschung alle Äste sinken.
"Heute wollen wir uns mit den Ursachen kranker Wälder und in dieser Stunde vor allem mit der Luftverschmutzung beschäftigen. Kann mal einer das Fenster schließen."
Die Buche gerät völlig aus der Fassung. Sie klatscht erst begeistert in die Äste, wodurch vor dem Fenster erheblicher Lärm entsteht. Erschrocken über die letzten Worte des Professors, schwingt sie hurtig einen Ast und legt ihn ins Fenster, bis weit in den Hörsaal hinein. Die Studenten sehen das Spektakel mit ziemlicher Verblüffung. Einige sind aufgestanden und versuchen den Ast wegzudrücken, um das Fenster zu schließen. Unter sämtlicher Kraftanstrengung, so daß ihr der Schweiß in Strömen am Stamm herabläuft, verteidigt die Buche ihre Lage, die Studenten geben verzweifelt auf und schütteln resigniert den Kopf. Der Professor sieht den Baum mit Erstaunen an und winkt ab.

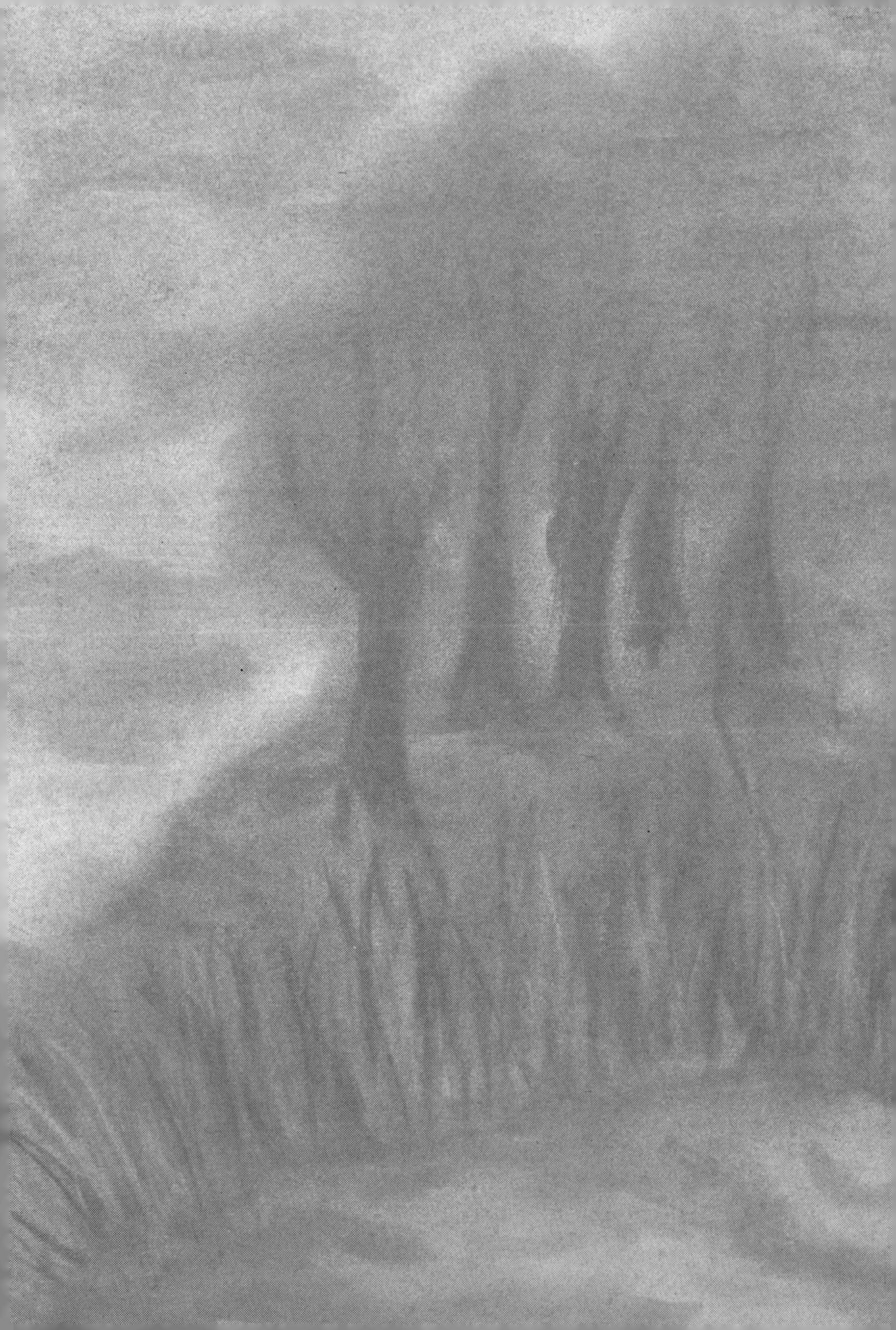

So schnell sie kann rennt die Buche aus der Stadt. Sie will schleunigst im Geisterwald das Entsetzliche verkünden. Es ist ihr deshalb auch völlig gleich, daß immer mehr Menschen staunend hinter ihr herschauen oder am

Straßenrand stehenbleiben und neugierig gaffen.
Keuchend und schwitzend läßt sie die letzten Hochhäuser hinter sich, wartet nicht auf ihre spionierenden Kameraden, sondern rennt auf ihren riesigen Wurzeln den Hang der verwilderten Gärten hinauf.
Auf halber Höhe nageln und zimmern dort sechs Kinder, die sich 'Nachtgeister' nennen, an ihrem Baumhaus. Das Baumhaus hängt in einem alten Kirschbaum und heute nacht haben die Jungen und Mädchen die Erlaubnis, es mit Feier einzuweihen.
Häuptling mutiger Sportsgeist sitzt auf einem Ast im Kirschbaum als er die rennende Buche erblickt. Er traut seinen Augen nicht. Seit wann können Bäume rennen. Er hat schließlich das Baumhaus befohlen, damit ein Überfall der gehaßten Schwarzhelm-Bande mit ihren Mofas vereitelt würde. Mißtrauisch sieht er den Kirschbaum hinunter und betrachtet angstvoll die umstehenden Bäume. Keiner von ihnen macht jedoch Anstalten hinter der Buche herzurennen. Also schweigt Häuptling mutiger Sportsgeist und erzählt den anderen nichts von rennenden Bäumen.
Die Buche gönnt sich keine Pause und schreit schon von weitem den Geisterwaldbäumen entgegen.
"Gefahr, Gefahr, wir müssen alle sterben. Die Menschen wollen uns vergiften. Gefahr, Gefahr, wir müssen alle sterben. Die Menschen wollen uns vergiften, Gefahr, Gefahr ..."
Entsetzt springen ihr Bäume entgegen, schreien erschrocken auf, heulen klagend, klappern mit den Ästen. Alle rennen durcheinander und keiner weiß genau, was eigentlich los ist.
Die Tiere wissen nicht wie ihnen geschieht und flüchten rastlos umher, die Vögel flattern aufgeregt in der Luft und finden keinen Platz zum Niederlassen ...

Endlich gelingt es Knorpel wieder Ruhe in den Geisterwald zu bringen und plötzlich herrscht Totenstille im Wald, alle lauschen gespannt den Worten der Buche.
"So stimmt es also doch, daß die Menschen nach unserem Leben trachten!" spricht Knorpel zornig und droht mit seinen Ästen, als die Buche den atemlos lauschenden Bäumen alles erzählt.
"Wir werden uns wehren. Jawohl wir werden sie an ihrem eigenen Gift ersticken lassen. Alle Löcher aus denen das Gift kommt, stopfen wir ihnen eigenästig zu."

Die Bäume klatschen begeistert mit den Ästen und rascheln mit den Blättern Beifall. Die ersten wollen bereits losstürmen und Knorpel muß Einhalt gebieten.
"Wir werden nicht alle losstürmen und uns Hals über Krone in die Gefahr stürzen. Die Menschen sind bestimmt gewarnt. Heute nacht werden einige von uns losziehen und heimlich über sie herfallen."
Bis Mitternacht herrscht nun aufgeregtes Geflüster im Wald.
"So hatten die Kinder doch recht, der Regen ist sauer und vergiftet." flüstert die alte Tanne der dicken Linde zu.
"Pah", wirft die alte Buche sofort bissig ein. "
Die vertragen nur nichts, die Bengel. Die anderen Bäume aber schütteln nur traurig die Kronen über so viel Starrsinn.
"Aber wer hätt' auch schon geglaubt, daß wir vergiftet werden?" kommt eine nachdenkliche Stimme aus dem Waldesinneren.
Kurz vor Mitternacht stellen sich die ausgewählten Bäume in Reihen auf. Sogar viele kleine Bäumchen dürfen mit. Baumschullehrer Buche hat die mutigsten ausgesucht, weil man die Löcher in den stinkenden Käfern der Menschen zustopfen muß. Er gibt das Zeichen und die Baumkolonne setzt sich in Bewegung.
Just zu dieser Zeit schiebt "schweigsames Auge" der beste Späher der Nachtgeister Wache. Er gähnt und lauscht in das nächtliche Dunkel, das ab und und an in düsteres Mondlicht getaucht wird. In der Baumhütte herrscht reges Treiben, obwohl stündlich mit einem Überfall der Schwarzhelm-Bande gerechnet werden muß.
"Schweigsames Auge" sieht sich suchend um. Irgendwo hört er rasches Getrampel, als ob eine Rinderherde näherstürme. Er glaubt irgendwelche dunklen Gestalten vorbeihuschen zu sehen. In diesem Moment beleuchtet der Mond gespenstisch den verwilderten Garten und der Junge der selten etwas spricht, stößt einen fürchterlichen Schrei aus. Augenblicklich verstummt das Leben in der Hütte. Häuptling mutiger Sportsgeist linst durch die Gucklöcher ins Dunkel.
"Der ist hin", flüstert einer der Jungen und ein anderer schreit erschrocken auf.
"Psst flüstert mutiger Sportsgeist, löscht die Taschenlampen und schickt einen weiteren Späher vor.
In diesem Moment kommt Schweigsames Auge zurück, reißt die Tür weit auf. Draußen herrscht völlige Dunkelheit, aber alle hören das Getrampel.

Schweigsames Auge beginnt aufgeregt zu reden, mehr als jemals zuvor, aber keiner hört genau zu, weil das Mondlicht auf den endlosen Zug der Bäume fällt und die ganzen Nachtgeister sprachlos hinstarren.
Häuptling Mutiger Sportsgeist läuft es kalt über den Rücken. Bibbernd sieht er den Kirschbaum hinab, aber der steht noch regungslos wie eh und je. Mit klopfendem Herzen ordnet er die Überprüfung der Notvorräte an, läßt hastig die Tür schließen. Flüsternd und zitternd verbringen sie die restliche Nacht im Baumhaus.
Heimlich verteilen sich die Bäume in der Stadt und völlig unbemerkt suchen sie sich Löcher und Rohre aus denen Gift ausströmen könnte: ...
Baumschullehrer Buche eilt mit zwei Kumpanen und den Kleinen zur großen Fabrik. Dort stehen zahllose der kleinen Käfer regungslos. Die Bäumchen stürzen sich auf die Auspuffrohre der Autos und quälen sich ächzend und stöhnend hinein. Bei den wenigsten guckt noch die Spitze oben heraus. Eine Werkssirene heult auf und alle erschrecken, aber es bedeutet nur Schichtwechsel und jetzt kommen die ersten müden Arbeiter zu ihren Autos und wollen schleunigst heim.
Es ist wie verhext. Einer flucht und schreit wütend über den ganzen Platz, weil sein nagelneues Auto nicht anspringt. Kaum später rufen und gestikulieren schon die nächsten und die ersten Motorhauben werden aufgesperrt. Es herrscht helle Aufregung. Mechaniker treffen ein. Der Nachtwächter schüttelt ärgerlich den Kopf, weil er nichts verdächtiges bemerkt hat. Die Polizei kommt mit Blaulicht und dann heulen alarmierend die Werkssirenen los.
Sekunden später gibt es einen ohrenbetäubenden Knall, eine grelle Flamme lodert auf und mit donnerndem Getöse bricht der alte Schamotteschornstein der Fabrik in sich zusammen. Mit in die Tiefe stürzt die alte kranke Lärche, die kaum noch Nadeln hat und in ihrem Zorn das Wagnis beging, den hohen Schornstein zu besteigen. Ein kurzer Aufschrei und sie verbrennt knisternd im Feuer. Die Buche hat Tränen in den Augen und faltet die Äste. Da hört sie das Stöhnen eines Baumes ganz in der Nähe. Sie zieht die herbeigeeilte Birke mit sich und stürmt auf das Werksgelände. Um nicht gesehen zu werden, ducken sie sich im Schatten der Mauern und sie finden bald die schwerverletzte Kastanie, die erbärmlich jammert.
"Schnell, wir müssen sie wegbringen und dem Balsam Bescheid geben", flüstert die Buche und sie packen den verletzten Baum auf ihre Äste und schleichen davon.

Auf dem Parkplatz vor dem Werkstor stottern einige Autos. Plötzlich schreit ein kleines Bäumchen auf, weil der Fahrer es im Auspuffrohr seines Wagens entdeckt hat. Jetzt sehen alle Fahrer nach und ziehen nach und nach kleine Bäumchen aus den Auspuffrohren. Wütende, fluchende Fahrer trampeln auf ihnen herum, brechen ihnen die Kronen oder reißen Äste ab, werfen die angstvoll schreienden Kleinen in hohem Bogen umher.
Entsetzt ruft die Buche die Schulkinder zu sich, um hastig mit ihnen zu

flüchten. Plötzlich kriechen aus allen Löchern kleine Bäumchen und die Menschen stehen wütend inmitten dieser wimmelnder Lebewesen, die sich nicht fangen lassen.
"Das war kein dummer Jungenstreich", flüstert einer der Fahrer, als alle weg sind.
"Aber ich doch einen ganz neuen Katalysator drin", murmelt einer der Fahrer, aber ein anderer belehrt ihn sofort "Meinst du da kommt nicht noch genug Dreck raus?"
"Ja und - sollen wir jetzt alle laufen? Ich brauch' mit Bus und Bahn g'rad so lang nach Hause, daß ich gleich wieder zur nächsten Schicht los kann."
Keinem der Fahrer ist zum Lachen zumute. Einer stochert an einem toten Bäumchen herum, dem er die Spitze abgebrochen hat.
"Das hättst du besser nicht gemacht.", raunt ein anderer ihm zu.
"Kann mir mal jemand sagen, was ich in meinen Bericht schreiben soll?", fragt vorsichtig der Nachtwächter und die beiden Polizisten nicken ihm zustimmend zu.

Am nächsten Morgen trifft man in der ganzen Stadt ungläubige Zeitungsleser. Ein Fotograf hat einige flüchtige Bäume mit seiner Kamera festhalten und das Bild bleibt die Sensation des Tages. Die Presse schreibt allgemein von einem geplanten nächtlichen Überfall baumähnlicher Gestalten. Berichtet wird auch von merkwürdigen Vorkommnissen die harmlose Bürger, Studenten, Spaziergänger und Autofahrer mit Bäumen hatten, die augenscheinlich einen Überfall vorbereiteten.

Die Presse deutet allerdings an, daß die Bäume es offensichtlich auf die Giftschleudern abgesehen hatten und wohl alle Löcher zustopfen wollten, die die Luft verpesten. Dabei entstand, insbesondere durch einen Fabrikunfall, ein Schaden in Millionenhöhe. Ansonsten war meist nur Anlaß zu heller Aufregung, wenn der Ofen nicht brennen wollte oder das Auto nicht ansprang.
Völlig unklar bleibt jedoch, um welche Gestalten es sich bei diesen Bäumen handelte und dies gibt natürlich Anlaß zu den wildesten Spekulationen. Die Wissenschaftler schweigen jedenfalls bis zuletzt beharrlich und auch die Biologen bleiben eine Erklärung schuldig, wie Bäume laufen können, allenfalls erklären sie nur, daß dies nach menschlichem Ermessen nicht möglich ist.
Die aktuellsten Ereignisse erfahren die Radiohörer, nachdem die Stadtverwaltung sich zu sofortigem Handeln veranlaßt sieht. Alle Besitzer von Bäumen, Sträuchern usw. werden sofort aufgefordert, sicherheitshalber ihre sämtlichen Bäume anzuketten, andernfalls man für Schäden zur Haftung genommen werden kann. Ebenfalls werden alle Bürger aufgefordert, verdächtige Bewegungen bei Bäumen sofort zu melden und seitens der Verwaltung versichert man ausdrücklich, daß man alles zu tun gedenke, Auspufftöpfe, Kamine und Schornsteine vor Randalierern jeglicher Art zu schützen.
Es sieht ganz danach aus, als ob der Geisterwald mit seinem Überfall gescheitert sei ...
Bald aber mehren sich die Stimmen derjenigen die warnen. Wenn es soweit sei, daß völlig unerklärlicherweise, sich die Bäume gegen giftige Abgase wehren, dann sei es an der Zeit zu handeln. Gleich ob es eine göttliche oder natürliche Erklärung gebe, man dürfe nicht vergessen, daß man die Natur nicht nach Belieben vergiften könne und stirbt der Wald, dann stirbt auch bald der Mensch.
Es mehren sich auch die Stimmen, die die Ankettung von Bäumen lästerhaft als groben Unfug bezeichnen und der Verwaltung damit nur Vertuschung vorwerfen, weil sie für einen solchen Fall nicht gerüstet sei. Man sei dort schon allein deswegen verlegen, weil juristisch die Verurteilung und Bestrafung eines Baumes nicht vorgesehen sei.
Wieder andere meinen denn auch, die Stadt solle sich lieber um bessere Luft kümmern, als standhafte Bäume zu belästigen.
Jeder aber beäugt mißtrauisch die Bäume denen er begegnet und wenn der

Wind bläst, kann man des öfteren verschreckte Spaziergänger davonrennen sehen.
Die Stimmung in der Stadt ist geladen und plötzlich beginnt auch die Verwaltung umzudenken.
Wegen unvorhergesehener Ereignisse tritt die verschärfte Abgasverordnung bereits vorzeitig in Kraft. Außerdem entschließt sich die Stadt, die Mittel für umweltfreundliche Energie und Abgasreinigung aufzustocken und Überlegungen zur Verringerung des Straßenverkehrs anzustellen.
Ein kleines Bäumchen, das unglücklicherweise nachts den Anschluß verpaßt hatte und sich ängstlich versteckte, hört die Menschen über diese Neuerungen sprechen. Da traut es sich aus dem Schatten der Parkbäume und rennt mutig davon, um schnell daheim im Geisterwald zu berichten.

Der Geisterwald spricht noch lange über die nächtliche Aktion und trauert um die vielen toten Bäume und daß man so wenig Chancen habe, etwas gegen die schmutzige Luft zu erreichen. Der Eichenspion zeigt seine Zeitschrift. Es dauert lange, bis die Bäume verstehen, daß dieses Infrarotbild den Schadenszustand in ihrem Wald anzeigt, daß da steht, wer von ihnen ganz krank, fast tot oder noch etwas gesund ist.
Panisches Entsetzen packt die Geisterwaldbäume. Sie scharen sich um die Zeitschrift und jeder will wissen, wie es um ihn bestellt sei, ob er nicht schon bald sterben müsse und wo der beste Platz zum Überleben wäre.
"Wieviele Jahre hab' ich noch?" ist die Frage jedes Baumes und es ist wieder Knorpel, der dem Drama ein Ende bereitet.
"Geht alle an euren Platz. Wir werden noch mehr unternehmen. Vor allem, daß mir keiner mehr vom ersten Regenwasser trinkt und jeder sich oft genug wäscht. Unten im Fluß das Wasser stinkt bis hier herauf, aber drüben in den verwilderten Gärten am Bach ist das

Wasser sauber. Dorthin werden wir gehen, wenn wir Durst haben. Vielleicht wird das einige Kranke auch wieder heilen.

Und so findet das kleine Bäumchen seinen Geisterwald entlang eines kleinen Baches stehen und trinken, unweit eines alten Kirschbaumes mit einem Baumhaus, aus dem hinter den Gucklöchern ängstliche Augen hervorlinsen.

Die Bäume aber beginnen bei der frohen Botschaft ausgelassen zu feiern, spritzen mit Wasser und tanzen die ganze Nacht bei Mondlicht in den verwilderten Gärten.

GEISTERWALDSPIELE

Geisterwald-Spiele haben nicht nur einen ökologischen Hintergrund, sondern auch einen ökologischen Untergrund.
Es sind spannende Spiele, mit neuen, einfachen Regeln und unterschiedlichen Schwierigkeitsstufen.
Spiele für die ganze Familie, bei denen nicht allein Glück, sondern auch Überlegung, Taktik und Zusammenarbeit entscheiden.
Nachdenken ist gefragt, nicht nur beim Spielen.
In stabiler, einfacher Ausführung, auf und in Karton,
Spielplan ca. 20 x 30cm, Holzpöpel.
Alles Einzelstücke, nummeriert.
Handcolorierte Ausführung.

einfache Ausführung | *farbige Ausführung*

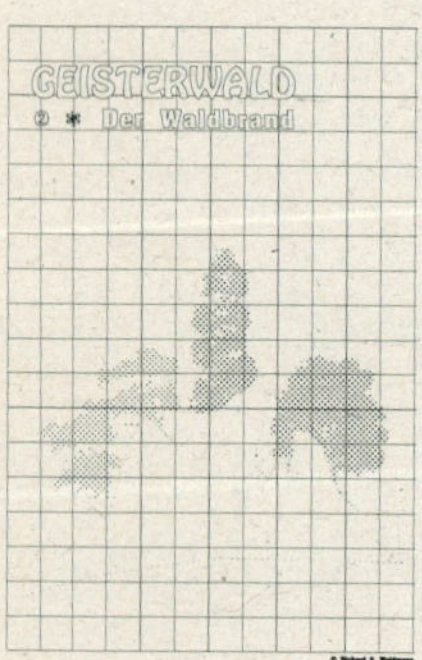

Der Waldbrand

Die gefährlichen Waldbrände kann keiner der Spieler verhindern, aber er kann vor ihnen flüchten und um zu gewinnen muß er andere Bäume ins Feuer treiben, um als letzter zu überleben. (mit Glück und auch Taktik)

DM 7,80 DM 19,80

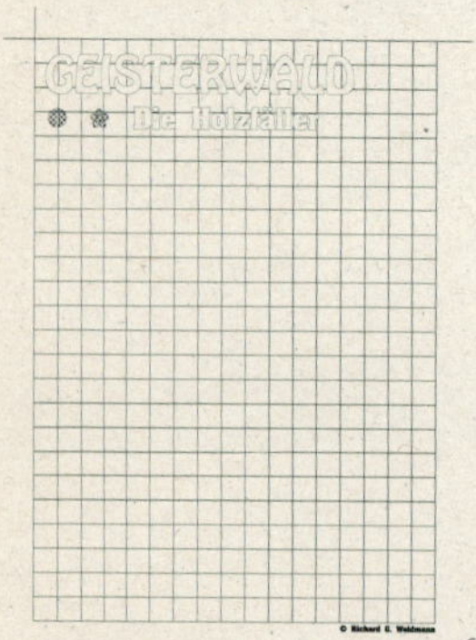

Die Holzfäller

Jeder Spieler versucht seine Bäume im Naturschutzgebiet vor den Holzfällern in Sicherheit zu bringen. Jeder Spieler ist aber auch selbst Holzfäller, der die anderen Mitspieler vor dem rettenden Naturschutzgebiet zu erwischen versucht. Wer die meisten Bäume retten kann, gewinnt. (mit Glück und Taktik)

DM 7,80 DM 19,80

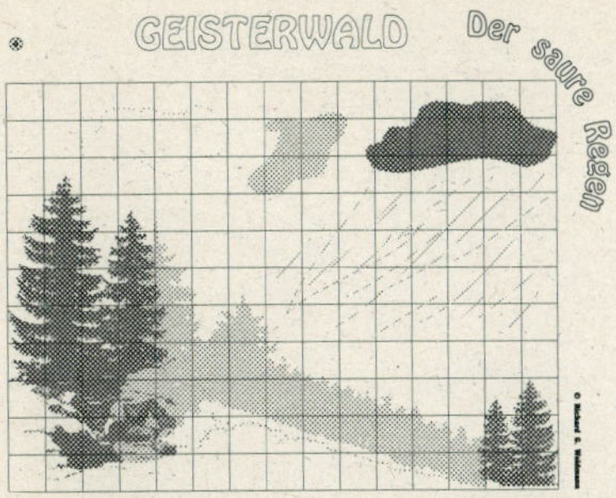

Der saure Regen

Der giftige saure Regen kann alle Bäume erwischen. Jeder Mitspieler muß versuchen den höchsten Baum wachsen zu lassen, der von den giftigen Regentropfen nicht getroffen wird.
(mit viel Glück und Taktik)

DM 7,80 DM 19,80

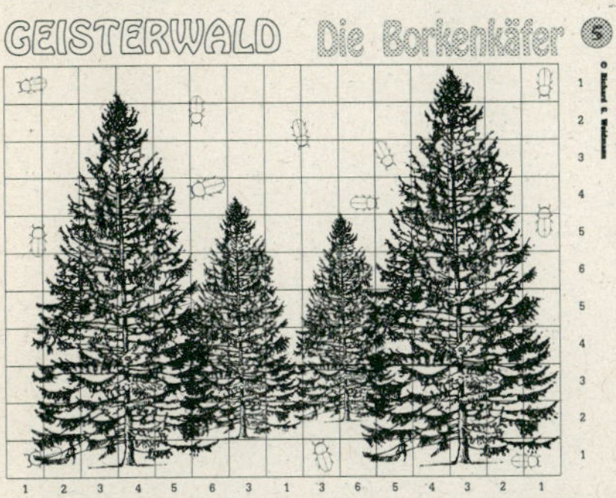

Die Borkenkäfer

Jeder Spieler versucht seine Bäume so lange wie möglich vor den tödlichen Borkenkäfern zu retten, aber würfelt, um die Borkenkäfer den Mitspielern auf den Stamm zu hetzen.
(mit viel Taktik)

DM 7,80 DM 19,80

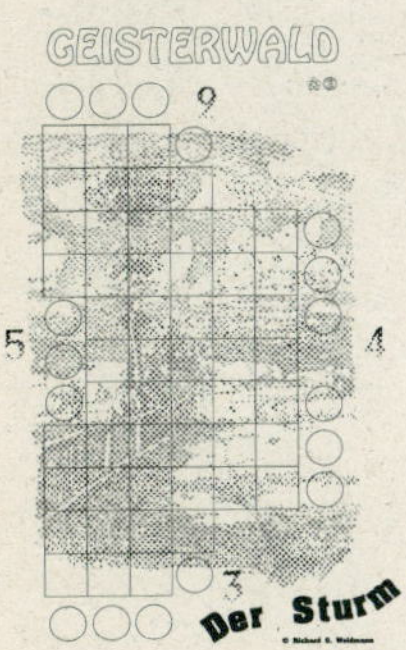

Der große Sturm

Jeder Spieler versucht seine Bäume vor dem gefährlichen Sturm, den die Mitspieler mit Würfel entfachen zu retten. Wer die meisten Bäume rettet hat gewonnen.
(mit Glück und viel Taktik)

DM 7,80 DM 19,80

Alle 5 Spiele zus.. DM 29,80 DM 96,—
+ Porto

*gedruckt
auf umweltfreundlichem
Recycling-Papier
aus 100% Altpapier*